Penélope Martins • Leo Cunha • Alex Lutkus

Medo estranho, antídoto esquisito

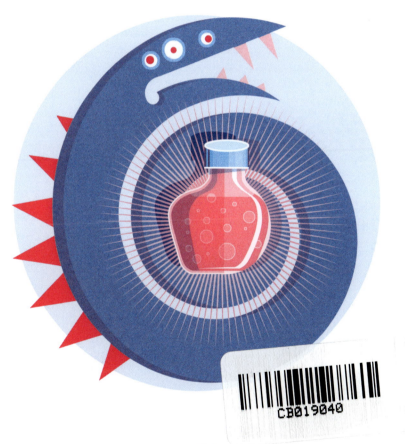

Ciranda Cultural

Dados Internacionais de Catalogação na Publicação (CIP) de acordo com ISBD

M386m	Martins, Penélope
	Medo estranho, antídoto esquisito / Penélope Martins; Leo Cunha; Alex Lutkus - Jandira, SP: Ciranda Cultural, 2022.
	72 p.: il.; 15,50 cm x 22,60 cm.
	ISBN: 978-65-261-0096-7
	1. Literatura juvenil. 2. Medo. 3. Bom humor. 4. Sentimentos. I. Cunha, Leo. II. Lutkus, Alex. III. Título.

	CDD 028.5
2022-0648	CDU 82-93

Elaborado por Lucio Feitosa - CRB-8/8803

Índice para catálogo sistemático:

1. Literatura juvenil 028.5
2. Literatura juvenil 82-93

© 2022 Ciranda Cultural Editora e Distribuidora Ltda.
Produção: Ciranda Cultural
Texto e ilustrações © Penélope Martins, Leo Cunha e Alex Lutkus
Revisão: Fernanda R. Braga Simon e Lígia Arata Barros
Diagramação: Ana Dobón

1ª Edição em 2022
www.cirandacultural.com.br
Todos os direitos reservados. Nenhuma parte desta publicação pode ser reproduzida,
arquivada em sistema de busca ou transmitida por qualquer meio, seja ele eletrônico,
fotocópia, gravação ou outros, sem prévia autorização do detentor dos direitos, e não pode
circular encadernada ou encapada de maneira distinta daquela em que foi publicada, ou sem
que as mesmas condições sejam impostas aos compradores subsequentes.

Para os meus filhos, André e Clara, que me desafiaram a encarar o medo de lidar com as minhas falhas.
Penélope Martins

À minha família, que me ajuda a transformar medos em antídotos.
Leo Cunha

Para meu amigo Marco A. Gomes, que nunca teve medo de tentar transformar meus projetos em objetos.
Alex Lutkus

Sumário

Introdução 7

1. Medo de virar um inseto e ter que entrar pelo cano 9

2. Medo de morder fruta do pé e achar meio bicho
se remexendo 10

3. Medo de criar caso e acabar perdendo a graça 13

4. Medo de abraçar o mundo e faltar um pedaço 14

5. Medo de acabar em catástrofe qualquer
iniciativa no esporte 17

6. Medo de ir dormir com dois olhos e acordar com três 18

7. Medo de ler em voz alta e topar com uma palavra
pior do que anticonstitucionalissimamente 21

8. Medo de um ET abduzir seu melhor amigo e ele adorar 22

9. Medo de tropeçar nas palavras e acabar engasgando 25

10. Medo de ninguém ouvir seus gritos de socorro 26

11. Medo de parar de crescer por sentir
muita saudade da infância 29

12. Medo de sorrir para aquele *crush* estando com alface no dente ... 30

13. Medo de descobrir que você é um robô 33

14. Medo de virar adulto da noite pro dia 34

15. Medo de dar um piti e ficar falando sozinho 37

16. Medo de acordar e não reconhecer
seu rosto no espelho... 38

17. Medo de brincar de esconde-esconde
e nunca mais o encontrarem.. 41

18. Medo de virar *meme* e viralizar nos grupos do colégio.................. 44

19. Medo de ganhar fama de emburrado... 47

20. Medo de acampar com os amigos
e ficar sonâmbulo imitando cachorro................................. 48

21. Medo de maratonar gramática e se viciar em mesóclise............... 51

22. Medo de apertar o botão errado
e explodir o micro-ondas 52

23. Medo de se empolgar com um tutorial
e acabar sem cabelo... 55

24. Medo de a turma ir embora antes de você chegar......................... 56

25. Medo de ser confundido com seu amigo sem-noção.................... 59

26. Medo de comer semente de fruta e brotar uma árvore
no meio do umbigo 60

27. Medo de combinar uma carona e acabar no vácuo....................... 63

28. Medo de escolher a fila errada 64

29. Medo de um fortão do outro bairro
cismar com sua cara.. 67

30. Medo de não conhecer os lugares mais
irados do planeta... 68

Introdução

Ter medo é uma coisa bem natural e bem antiga também. Cientistas que investigam as emoções já afirmaram com todas as letras: o medo existe desde os primeiros répteis no planeta Terra!

Qualquer pessoa já viu um gato saltar de banda quando uma simples folha de árvore cai do ladinho do bichano. É um zás-trás numa rapidez que até a gente se assusta.

Quem nunca atravessou o corredor na madrugada para dar aquele pulo na cozinha e acabou se apavorando com um barulho inusitado vindo da geladeira ou com aquele reflexo sorrateiro do outro lado da janela? Nessas horas, a cabeça nem pensa, os pés são mais ligeiros na reação e saem correndo de volta para a cama!

Por falar em cama, tem coisa mais sinistra do que ir dormir e perceber uma sombra avançando na parede? Pior ainda se temos a impressão de algo se mexendo sob o colchão.

Será que o medo serve para alguma coisa? Sem dúvida, ele está ligado ao nosso instinto de proteção, e, se é para prevenir a gente de perigo, ele é muito útil. Não é por acaso que dá frio na barriga se debruçar no parapeito de um lugar bem alto para olhar lá embaixo. Circuitos cerebrais ligam o alerta: cuidado com o perigo, preste atenção, que pode ser cilada! Isso significa que não é vergonha nenhuma admitir que temos medo: trata-se de sobrevivência.

Mas o medo não pode virar um monstro dentro de nós, um sentimento paralisante que nos impede de avançar e de viver. "O que a vida quer da gente é coragem", diria Guimarães Rosa. E, para enfrentar a vida com coragem, nada melhor do que colecionar uns frascos de confiança para levar o *kit* completo na mochila. Se mesmo assim a valentia falhar, a criatividade e o bom humor podem ajudar a completar aquela dose de bravura que está faltando.

Neste livro, a brincadeira é encarar o monstro, tirando da sombra os medos, por mais esquisitos que eles sejam, e jogando sobre eles um antídoto infalível que nos faça rir de nós mesmos. No entanto, caso o frio na barriga persista, respire fundo e vire a página. O mais importante de tudo é que estamos juntos nessa.

Medo de virar um inseto e ter que entrar pelo cano

Não há medo mais petrificante do que acordar em uma bela manhã de domingo com aquele cheirinho de pão de queijo no ar e, na hora de se espreguiçar com um bocejo lânguido, perceber que da boca sai um único som: *quiiiiic*! Os braços e as mãos cobertos de pelos eriçados; nas costas, um casco brilhante que se transforma em duas asas duras; na cabeça, longas antenas de barata.

– Manhê!!!! – a gente quer gritar, mas não consegue. E se ela entra no quarto e vê que o pesadelo é caso verídico, hein? Nunca mais vai querer dar um beijinho em seu eterno bebê.

O jeito seria voar pela janela, mas ainda falta prática para isso; entrar pelo cano também não parece boa ideia, porque, se uma única barata já faz a gente gritar de medo, imagine encontrar milhares delas no esgoto... ou, pior, ser uma delas!

Antídoto esquisito

Calma! A metamorfose é assustadora, mas nem tudo está perdido. O momento em que a gente vira uma barata (literal ou metafórica) é uma ótima chance de perceber como este mundo está cheio de bichinhos como nós, que gostam de sabores curiosos, adoram se aventurar em canos ou becos inesperados, vestem roupas extravagantes e escutam músicas pra enlouquecer nossos pais.

Encontre a sua turma de amigos antenados e, juntos, botem pra arrepiar!

Medo de morder fruta do pé e achar meio bicho se remexendo

Dias de verão, banho de sol, banho de mar, banho de mangueira, andar de pés descalços, pular corda, tomar água de coco, fazer gelinho de limonada, sorvete de banana amassada, inventar brincadeiras no quintal. Riscar amarelinha no chão, amarrar corda em galho de árvore para balançar, subir no tronco, tirar fruta madura do pé.

E, com a fruta na mão, tascar os dentes naquela bela mordida suculenta. Humm. Opa, aí não! Todo mundo já escutou história de laranja bichada, ameixa ou manga furadinha e aquela goiaba vermelha que pode estar esperando ansiosa por uma mordida para revelar um vermezinho pálido rebolando entre as sementes.

Eca, morder fruta do pé parece muito perigoso! Dá um medo enorme de encontrar coisa viva lá dentro ou, pior, morder e encontrar só metade do bichinho ali, ainda rebolando feito doido, enquanto a outra parte dele já está na nossa boca ou na barriga.

Antídoto esquisito

Ponha-se no lugar do bichinho. Se você está com medo dele, imagine o pavor do coitado quando viu os seus dentes branquinhos e brilhantes rasgando a massinha rosada da goiaba (já reparou que a goiaba vermelha é cor-de-rosa?). Até então ele estava ali, bem aconchegado no docinho da fruta, e nem sonhava em ser partido ao meio. Que perigo o bichinho correu!

Quanto a você, fique tranquila (ou tranquilo): não corre risco algum. O suco gástrico, presente em abundância em nosso estômago, destrói rapidão o tal bicho (ou meio bicho) da fruta.

Medo de criar caso e acabar perdendo a graça

Sabe aquele ditado bem antigo: "Dou um boi para não entrar numa briga e uma boiada para não sair dela"? Ficar em cima do muro não funciona, só que às vezes dá um medo danado de encarar discussões e bate-bocas inflamados nas redes sociais, entrar ali no meio, tentar defender um ponto de vista e até ajudar a dar jeito na confusão, e acabar ganhando a fama de quem cria caso por tudo.

Bomba! Ninguém está se escutando! Tem hora que o tumulto não acaba, entra cada vez mais gente botando fogo no parquinho, e os argumentos não servem para nada, a não ser para aumentar o tamanho da raiva que borbulha dentro do estômago.

Como se livrar dessa chatice que faz doer ardido, muito mais do que queda de bicicleta desgovernada na ladeira? Já perdeu a graça, e a briga continua seu ciclo sem fim...

Antídoto esquisito

Ninguém quer mergulhar num barraco interminável no Instagram nem perder para sempre uma amizade no grupo do Zap, né? Ainda bem que existe um antídoto esperto e quase infalível.

Quando a briga passar do ponto, conte até três e diga assim: "Xiii! Vou ter que sair agora, tenho hora no dentista". Ou então: "Com licença, tenho que ir pra um velório".

Além de sair de fininho, você garante que ninguém vai xingar: afinal de contas, como insultar alguém que está indo pro dentista ou pro velório?

Medo de abraçar o mundo e faltar um pedaço

É o medo que aparece quando você tem uma festa incrível no sítio da sua prima, e na mesma hora os vizinhos chamam você pra andar de *skate* na nova pista da cidade. Pra piorar, sua melhor amiga liga pra contar que tirou 2 em matemática e precisa muito da sua ajuda pra entender essas fórmulas.

E não olhe agora, mas tem 58 curtidas no seu Instagram que você ainda não conferiu!

A vontade, claro, é fazer tudo ao mesmo tempo, entrar numa máquina gigantesca de fatiar pão e dividir seu corpo em cinco, ou obrigar o mundo inteiro a obedecer à sua agenda!

Antídoto esquisito

Respire fundo, depois outra e mais outra vez. Ninguém consegue fazer um monte de coisas ao mesmo tempo; você já devia saber disso... E, se ainda não sabe, é porque não começaram suas aulas de física. Aliás, é bom preparar a cabeça pra isso, porque a parada é sinistra!

Voltando ao assunto, pegue sua agenda e organize o rolê: dá para estudar matemática com a amiga de manhã, andar de *skate* depois do almoço e mais tarde ir para a festa. No meio disso tudo, poste aquela fotinho do caderno com os rascunhos de uma fórmula, faça um videozinho de um *drop* irado e dê aquela risada boa no *boomerang* dançando com a turma. Certeza que você vai curtir o dia inteirinho!

Medo de acabar em catástrofe qualquer iniciativa no esporte

Na sua família você já ganhou a fama de pessoa sedentária. Medalha de ouro nas olimpíadas do sofá, medalha de prata na procrastinação quando o assunto é mexer o corpo e fazer algum esporte. Acontece que ninguém compreende que você age por prevenção: as notícias não são animadoras, você pode comprovar com os universitários da internet e os gráficos de informação científica que justificam qualquer atraso para encarar as atividades físicas. Estudos comprovam que balé entorta o pé, natação deixa o cabelo verde, o futebol tem o tal carrinho que você nem sabe o que é, mas está explícito o perigo para a saúde. Mais seguro assistir ao jogo pela tevê ou sonhar que está correndo no parque.

O boletim de fatalidade só aumenta na sua cabeça fértil, e você não quer se arriscar novamente a ter dor no baço enquanto morre correndo ao redor da quadra durante uns míseros cinco minutos de treino (que mais parecem a eternidade).

Suas pernas estão molengas, seu fôlego não aguenta subir dois andares de escada. Mas como vencer o medo e fazer um esporte sem acabar em tragédia?

Antídoto esquisito

Autoironia. Já ouviu falar? Nada melhor do que rir de si mesmo. Antes de alguém dizer "Aposto que você não vai correr nem dois minutos", você afirma: "Com meu histórico de atleta, não vou aguentar nem trinta segundos". Em vez de ouvir um "Tá com medinho de subir essa escada?", você já solta um "Ouvi dizer que lá em cima tá cheio de mitocôndria!".

Assim você consegue uma dupla façanha: garante uma boa risada e ainda elimina a chance de *os outros* fazerem a zoação! Vença pelo riso e nunca mais será obrigado a fazer trinta flexões e quarenta abdominais para provar seu valor.

Medo de ir dormir com dois olhos e acordar com três

De repente você recebe um convite para uma festa incrível com a turma toda e começa a contar os dias no calendário. Prepara o visual, toma um sol, aprende uns movimentos de dança, separa a roupa perfeita para arrasar. E, finalmente, chega a noite anterior ao grande dia. Só que algo de errado acontece...

Não dá nem para tocar de tão dolorido. A bolota vermelha no meio da testa alerta que não se trata de uma simples espinha. Será que dá pra cobrir com aquelas mágicas da maquiagem? Será que dá pra fazer um penteado pra esconder?

O pesadelo não termina quando a gente vai dormir e sonha que acordou com três olhos!

Antídoto esquisito

Nesse caso, não tem maquiagem, creme, pomada, mandinga nem simpatia. Prepare-se para um pouquinho (ou um muitinho) de zoações e até aquela carinha de nojo que você mesmo vai fazer olhando no espelho quando o monstrinho amadurecer. A boa notícia é que existe humor e um troço chamado tempo, que, por incrível que pareça, movimenta o relógio e a vida. Daqui a alguns dias, sua testa estará livre do tal amiguinho rebelde, e quem te zoou poderá ser surpreendido ao acordar, olhar para o espelho e ter que lidar com o nascimento de um alienígena na ponta do próprio nariz.

Medo de ler em voz alta e topar com uma palavra pior do que anticonstitucionalissimamente

Tirando a timidez que aparece em momentos como esse, não há nada que meta mais medo à leitura em voz alta do que encontrar uma palavra imensa no começo, no meio ou no fim do parágrafo, tanto faz. Os ouvintes já estão rindo, e você se desconcentrando nesse tropeço… Pior ainda se for na aula de biologia, e o assunto for a contaminação por cinzas vulcânicas com aquele baita diagnóstico assustador de pneumoultramicroscopicossilicovulcanoconiose.

Não tente repetir isso sem tomar um bom copo de coragem: o medo de dizer palavras compridas é batizado de hipopotomonstrosesquipedaliofobia.

Antídoto esquisito

Palavras complicadas são assim mesmo: dão tremedeira na língua, calo nas cordas vocais e, como diziam nossos avós, "arrupio no cangote". Você pode alegar qualquer um desses sintomas para a professora. Se estiver mais encabulado, feche a boca de uma vez por todas e invente uma rouquidão crônica.

Se nenhuma dessas desculpas colar, jogue a culpa nos seus pais: "Sabe o que é, profe? Lá em casa a gente é proibido de falar palavrão!".

Medo de um ET abduzir seu melhor amigo e ele adorar

Sua melhor amiga pode mudar de escola ou de bairro. Seu melhor amigo pode mudar de cidade, talvez vá morar na praia ou na montanha. Tudo isso acontece, e sempre tem um jeitinho de driblar a saudade. Afinal de contas, pra que é que existem as redes sociais, os celulares, as cartas? Talvez dê até pra você fazer uma visita nas férias...

Mas não tem aparelho, aplicativo ou passe de mágica que resolva se seu melhor amigo ou amiga foi abduzido por uma criatura de outro planeta. Aí dá medo pra valer!

Pior ainda é quando a amiga continua ali, na mesma escola que a gente, mas, do nada, começa a andar com outra turma, como se estivesse mesmo em outra galáxia...

Antídoto esquisito

Essa coisa de perder os melhores amigos para criaturas de outros planetas rende uma história dramática ou uma comédia inesquecível! Claro que uma mudança de cidade ou de turma dentro da escola mexe com a gente, às vezes com tristeza, outras com saudade. Mas, se não existe pessoa com raízes de árvore, isso explica muita coisa...

O negócio é entrar na nave e seguir o movimento, aproveitar cada chance de fazer amizade: dar atenção para aquela pessoa que acabou de chegar no pedaço e ainda não conhece ninguém, convidar a turma para um jogo, mandar mensagem para melhores amigos que a gente não vê há um tempão, viver todas as melhores amizades sabendo que, no fundo, todo mundo tem um pouco de extraterrestre!

Medo de tropeçar nas palavras e acabar engasgando

Tem dia em que é preciso medir bem as palavras, preparar o discurso e memorizar direitinho para não acabar embolando as letras. Isso serve para trabalho de escola com apresentação para a turma toda, mas também é completamente aplicável para os momentos de alta periculosidade em que o coração fala mais alto e a gente se atrapalha na frente da pessoa de quem gosta.

Que fiasco passar horas decorando o roteiro, relembrando a ordem certinha do que precisamos falar, e, na hora H, a mente bugar com a imensa tela azul. Está certo que todo mundo vai tirar aquela história da memória dizendo que já passou por coisa pior, tentando consolar a gente com piadas engraçadas, mas, quando o vexame é nosso, não passa fácil, não.

Será que é por isso que ficamos dias seguidos com dor de barriga antes do compromisso? A boca seca e o engasgo repetem sem dó uma palavra só, tipo assim, tipo... tipo disparar 377 "tipos" e não saber como parar?

Antídoto esquisito

Vamos falar a real? Por mais preparada que esteja a sua fala, por mais ensaiado o roteiro, por melhor que seja a sua intenção, sempre vai ter alguém que não vai gostar, que vai reclamar de tudo e ainda jurar que você é idiota incompetente irritante imbecil (isso pra ficar só na letra *i*).

Às vezes o remédio é simplesmente aceitar o inevitável. Não dá pra agradar a todo mundo nem pra conquistar todas as pessoas que admiramos. Tipo assim... disfarce e vire a página. Na próxima dá certo.

Medo de ninguém ouvir seus gritos de socorro

Você se lembra do *slogan* de *Alien, o 8º passageiro?* "No espaço ninguém vai ouvir você gritar!" Pois é, esse medo tem um culpado: os filmes e séries que há tantos anos sugerem que qualquer dia, quando você menos espera, vai acabar nessa situação.

E não pense que isso só acontece no espaço sideral. Pode ser um elevador que ficou sem energia elétrica às 7 da noite de alguma sexta-feira, no 38º andar do prédio do seu dentista.

Uma roda-gigante onde você entrou no último dia de férias e ficou lá, caladinho, achando que ia se esconder dos amigos, sem imaginar que ia cair no sono e o parquinho ia decretar falência no dia seguinte.

Pode ser no banheiro químico de um *show* de *rock* tão barulhento, mas tão barulhento, que ninguém mesmo, no meio da multidão, vai ouvir seu pedido de ajuda.

Antídoto esquisito

Sabia que já inventaram o livro de bolso, camaradinha? Ponha essa dica em prática e ande com esse objeto de altíssima tecnologia por onde você for. É certo que um livro, impresso ou *e-book*, capa dura ou mole, não vai servir para desencrencar elevadores emperrados, mas pelo menos você pode se sentar e ler a história até aparecer o pessoal da manutenção. Pode ser que o técnico venha salvar você lá pelo 15º capítulo; pode ser que alguma ajuda apareça e você peça mais cinco minutos de silêncio para fechar a leitura do parágrafo.

Em todo caso, respire. Suas cordas vocais só funcionam com o ar dos seus pulmões. Guarde o grito para os *shows* de *rock* ou para aquele momento em que alguém poderá escutá-lo. Não se desespere; pense em um plano B, caso não tenha um livro no bolso. Pode ser meditação ou rememorar todas as suas canções favoritas daquela *playlist* que você guarda no coração.

Medo de parar de crescer por sentir muita saudade da infância

Você está crescendo, e todo mundo fica repetindo ao seu redor que não pode mais fazer isso ou aquilo. Agora que cresceu, tem que encarar a vida e suas responsabilidades, e é preciso dar conta dos compromissos, pensar no futuro, fazer planos para a vida adulta, aprender a se virar e muitas outras coisas e etcéteras nessa lista que parece não ter fim.

De repente, dá uma vontade de retornar aos anos passados e viver aquela escola que tinha hora do lanche, hora da brincadeira, hora do parque e hora da pintura com tinta guache do jeito que você quisesse inventar. Que saudade que dá! E, quando você se dá conta, está de conchinha no sofá, abraçando aquele bichinho de pelúcia que dormia no seu berço.

Que medo de crescer! Que medo de ficar criança para sempre! Será que você ficará para sempre na Terra do Nunca com Peter Pan?

Antídoto esquisito

Alguns antídotos deste livro envolvem o sorriso, o riso aberto, até mesmo a gargalhada. Este aqui é diferente: chegou o momento de sentar num cantinho e chorar. Solte as lágrimas, derrame o pranto, faça sala pro lamento. De vez em quando isso é muito bom. Com sorte, você terá um parente, amigo ou vizinho que vai se sentar ao seu lado e lhe dar um abraço.

Ele não vai dizer "Deixa disso", "Que bobagem" ou "Pra que chorar?". Pelo contrário, vai confirmar: "Chore mesmo, eu entendo sua aflição". E, quando isso acontecer, você vai saber que algum dia, no futuro, encontrará alguém com medo de crescer e fará a mesma coisa por ele.

Medo de sorrir para aquele *crush* estando com alface no dente

São dias e dias de muito charme e elegância passando de um lado para outro no pátio da escola, para ganhar a atenção daquele *crush*. A gente investiga algum assunto para puxar conversa, colhe até informações dos amigos, mantendo a discrição de um detetive profissional, e toma coragem para dar aquela esbarradinha – de propósito – na fila da cantina. Como quem não quer nada, o papo vai e vem, e rola um convite para sentar junto e lanchar no intervalo.

– E aí, aceita ou não?

As coisas podem caminhar bem, a gente pode se sentir um grande clássico da conquista, mas tem sempre aquela chance de o sanduíche boicotar a beleza do romance com aquele pedaço de alface que estraga o sorriso cobrindo inteirinho o dente da frente.

Não tem jeito, o medo de decepcionar é grande, então a gente dá aquela gaguejada, apela para aquela olhadinha no relógio, disfarçando preocupação em se atrasar para a próxima aula, e diz que fica para uma próxima vez.

Antídoto esquisito

Este antídoto tem uma fórmula secreta: espera + dança = esperança. Aguarde um dia, uma semana, um mês, talvez um pouco mais, e aproveite para sacudir o corpo e as ideias, de preferência com um delicioso fundo musical. Se depois desse tempo você não conseguir outra chance, pelo menos vai garantir bons momentos de diversão e folia.

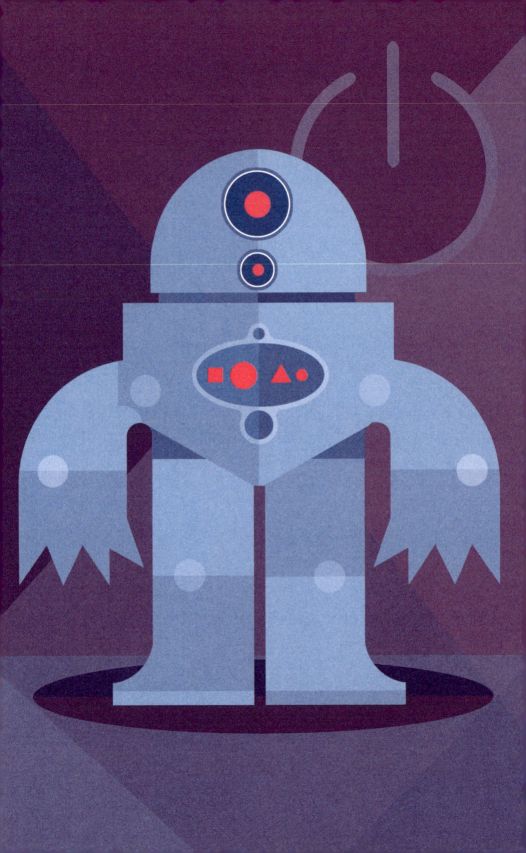

Medo de descobrir que você é um robô

Um dia aparece uma pequena saliência na sua nuca, perto da orelha direita. Quase imperceptível, mas incômoda e chata. Não arde, não coça, mas você sente o tempo todo que ela está ali, crescendo devagar, como quem quer fincar bandeira e marcar território.

Depois de ignorar o irritante carocinho por três ou quatro dias, você acaba pedindo para seu irmão mais velho dar uma olhada nele. Ele apalpa o calombo com o indicador, depois confere com o polegar e, de repente, faz uma cara de apresentador de telejornal prestes a anunciar um *tsunami* ou uma guerra mundial:

— Sinto muito, mano, mas chegou a hora de saber a verdade. Você é um robô, e esse carocinho é o botão de liga/desliga. Ficou escondido a vida toda no seu crânio, mas por algum motivo se deslocou e agora está aparente.

E então, caprichando no tom malicioso (ou será pena mesmo?), ele decreta:

— Vamos ter que desligar você.

Antídoto esquisito

Segure as pontas antes de catar o irmão pelo pescoço. Lembre-se de que "violência não leva a nada", e desde os princípios do mundo os irmãos mais velhos adoram azucrinar o juízo dos mais novos. Faz parte. Quanto ao carocinho, melhor pedir um parecer pra sua mãe, seu pai, uma tia confiável que saiba a distinção entre um botão e uma espinha interna.

A verdade dói, mas o corpo vivo tem dessas coisas: doenças, machucados, cravos, dores de cabeça, unhas encravadas e outras desventuras. Ainda bem que pelo menos é um sinal de que continuamos aqui, de pé, e não podemos nos desligar tão fácil, pois estamos vivos!

Medo de virar adulto da noite pro dia

Você passou boa parte da infância torcendo pra virar adulto e poder dirigir, viajar sozinho, ir a festas e festivais de *rock*, música eletrônica ou sertaneja. Ganhar seu próprio dinheiro, ser dono do seu nariz e dos seus pés. Como seria bom pular alguns anos, acelerar os ponteiros do relógio, descobrir uma máquina do tempo, jogar fora aqueles brinquedos sem graça!

Mas agora tudo isso se evaporou dos seus desejos, e bateu aquele pânico. Como encarar um trabalho infernal? Como enfrentar um patrão desalmado? Como tapear uma rotina surda aos seus sonhos roqueiros, eletrônicos ou sertanejos? Como aturar a pressa, o desalento e o mau humor da maioria dos adultos?

E onde é mesmo que estão guardados aqueles deliciosos brinquedos?

Antídoto esquisito

Parece que a casa caiu, mas mantenha a calma, está tudo bem. Dá para encarar as novas fases da vida sem perder a alegria da brincadeira. A infância, além de ficar para sempre dentro da memória, servirá como um refúgio para buscar bom humor e coragem para enfrentar os desafios.

Nem tudo é fácil. Muitas vezes vai bater aquele desânimo de estudar um assunto ou de realizar um trabalho, outras vezes aparecem pessoas que podem atrapalhar os melhores planos. Nessa hora, manter a flexibilidade é fundamental: rodar o bambolê, saltar sobre o obstáculo, dar aquela cambalhota para ver a situação de outro ângulo vai ajudar muito a manter vivo o amuleto que toda criança carrega na imaginação: o desejo de ser feliz.

Medo de dar um piti e ficar falando sozinho

Será que ninguém consegue ver o seu lado na briga? Ninguém leva em conta os seus sentimentos? Não tem uma alma compreensiva neste mundo para apoiar você?

Nessas horas, dá vontade de dar aquele piti: "Chega! Acabou! Não aguento mais! Esqueçam que eu existo!".

Mas será que vale a pena apelar desse jeito? "Apelou, perdeu!", já ensinaram sua mãe, seu pai, sua tia, seu professor, sua madrinha ou talvez um monstro daquele livro colorido que você achou na estante. Piscadinha discreta: você sabe muito bem de quem estamos falando...

Antídoto esquisito

O risco é grande: quem muito dá piti acaba ficando sem crédito para resolver os problemas maiores. Melhor zelar pela credibilidade quando o assunto é ter apoio nas emergências da sua vida. Aprender a respirar fundo, contar até dez ou vinte ou cem para acalmar os nervos. Fica o conselho, serve bem como apoio psicológico: trincar uns amendoins com os dentes, dar um banho gelado nos ânimos com aquela boa taça de sorvete, ler um livro no silêncio da poltrona.

De todo jeito, para não aparentar os maus modos de um monstrinho ciumento e egoísta, deixe para tomar atitudes quando a cabeça estiver mais leve. E lembre-se: quem dá piti pode acabar sendo vítima de pitis alheios.

Medo de acordar e não reconhecer seu rosto no espelho

A vida vai passando, distraída, manhã/tarde/noite, café/almoço/jantar, cabeça/ombro/joelho/e/pé. Parece que nada vai mudar na sua eterna rotininha. Até que um belo dia... Quem é essa pessoa no espelho? Você não está mais se reconhecendo. Que medo!

Será o cabelo? Não. Alguma coisa nos dentes? Também não. Nos olhos? Nada. É difícil descobrir, de modo preciso, o que está diferente. Mas que está, está. Não é o mesmo rosto que foi dormir ontem à noite.

Depois de muito examinar o espelho, você começa a desconfiar de que o que mudou mesmo foi alguma coisa por trás do rosto. Alguma coisa lá dentro, na sua forma de enxergar o mundo. E agora, como lidar com essa nova pessoa?

Antídoto esquisito

Para espantar esse medo de não saber mais quem você é, assobie! Mas, se você não souber assobiar, cante, ou simplesmente escute uma canção que fale sobre preferir ser uma metamorfose ambulante. O poder da improvisação nunca falha: nossa imaginação inventa muitas formas para seguir em frente.

De olho no passado, pense em você quando bebê, aprendendo a falar as primeiras palavras, ficando de pé para dar os primeiros passos. Deve ter sido uma mudança enorme! Frio na barriga! Sem contar os primeiros e os segundos e os tantos tombos que ensinaram você a ter coragem de começar de novo. No final das contas, é aceitar que as coisas mudam o tempo todo, e a gente, também.

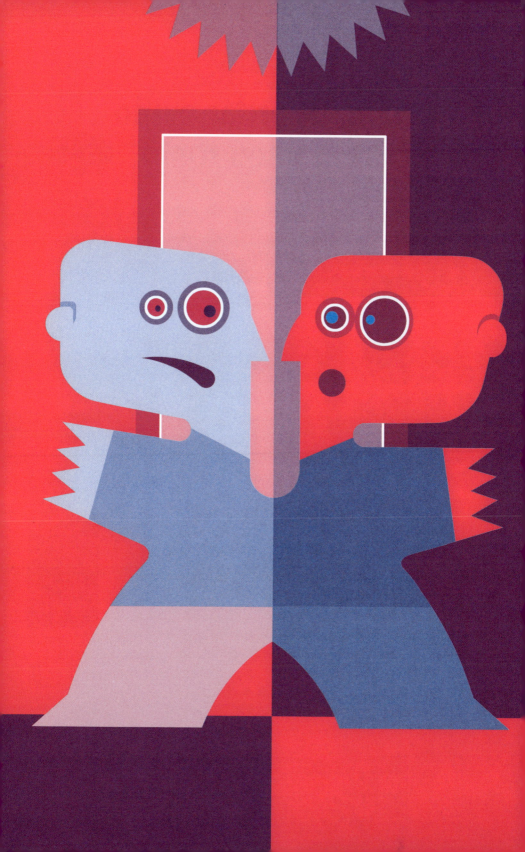

Medo de brincar de esconde-esconde e nunca mais o encontrarem

Esconde-esconde, pique-esconde ou escondidas. O nome muda, mas as regras são as mesmas: alguém tapa os olhos e começa a contar em voz alta enquanto todo mundo se esconde. Quem for encontrado e não conseguir chegar no pique a tempo vai ter que procurar a turma na próxima rodada.

Lugares comuns, todo mundo sabe, são péssimos esconderijos. Bom mesmo é usar a criatividade e encontrar um espaço secreto que ninguém conheça, mesmo que tenha que entrar rastejando e ficar com os ossos espremidos até que todos os outros sejam descobertos.

Passa um minuto, passam dois minutos, dez, vinte, passa uma hora, passam duas... nada de acharem você. Sem dúvida o esconderijo é bom, mas será que todo mundo já voltou para casa e você vai mofar no mesmo lugar até seu aniversário de 30 anos?

Antídoto esquisito

Esta é a grande chance de fazer tudo o que você nunca teve coragem de enfrentar, por medo de passar vergonha. Desafine a música daquela banda coreana ou do finalista daquele *reality show*. Que coisa mais ridícula... mas só você vai escutar!

Em seguida, grite uma lista de dez colegas que já fizeram você passar raiva e planeje vinganças impossíveis (você nunca vai realizar os planos, mas é divertido imaginar-se parente do Coringa ou do Pinguim, só por um dia).

Pra terminar, prepare mentalmente uma argumentação imensa e infalível para aquelas perguntas que nunca terão resposta: de onde viemos, para onde vamos e que brasileiro ganharia a medalha de ouro do surfe se os juízes não tivessem roubado descaradamente para o atleta japonês na semifinal.

Medo de virar *meme* e viralizar nos grupos do colégio

A essa altura da vida, você já percebeu que ninguém é infalível. Nem seus pais, nem seu colega mais descolado, nem a amiga mais esperta, nem mesmo o craque do seu time, o seu ídolo na música ou a estrela daquela série de tevê.

Mais cedo ou mais tarde, todo mundo tropeça, leva um tombo, fala bobagem, perde a linha. Pra piorar, parece que sempre tem alguém a postos, prontinho pra fotografar ou filmar nossos vacilos e nossos piripaques. Dali para as redes sociais, é só um clique.

Será que você vai viralizar, será que vai virar *meme*, justamente em seu momento mais constrangedor?

Antídoto esquisito

Que coisa mais chata uma pessoa perfeitinha, que fala usando os pronomes mais difíceis corretamente, nunca erra concordância verbal, indica os pontos cardeais com precisão e até ganhou apelido de enciclopédia ambulante, né? *Meme* pronto. Se a pressa é a inimiga da perfeição, então está explicado. Quem tem tempo de sobra para ser sempre infalível, hein?

Entre ser o *meme* da vez e não ter graça nenhuma, mantenha a leveza e brinque, porque, se viver não é fácil, imagine viver mal-humorado?

Medo de ganhar fama de emburrado

Todo mundo tem direito a um momento de tristeza, um dia gelado, uma semana de chuva, um coração cheio de neblina. Sabe quando pegamos uns óculos de grau bem forte e vemos tudo emborrocado?

Nessas horas, não tem como disfarçar a cara jururu. Você está seco, murcho, oco, deserto. Abodegado com a vida, desenfeitiçado com as pessoas, desalegre com o mundo. Faltam até palavras para definir seus sentimentos.

Mas nem por isso alguém tem o direito de chamar você de emburrado, não é? Ainda mais na frente dos outros!

Antídoto esquisito

Tem uma dose tragilíssima extra, emborrocadamente abodegada em desfeitiços, mas fica evidente o charme de uma pessoa capaz de criar palavras para os dias nebulosos! O emocional desafia, mas a criatividade continua em alta, alta como as nuvens – afinal de contas, até elas têm nomes rebuscados, como cirro-cúmulo e cúmulo-nimbo, trocadilho explícito porque é o cúmulo da frustração querer descrever algo sensível, até com merecido exagero, e não ter uma palavra à altura.

Veja bem: justamente por isso, emburrado é adjetivo que não cabe para descrever a fama de alguém com tanta criatividade na invencionice de neologismos. Faça o contrário, sugira o próprio apelido, diga que hoje você está nimboseando, e pronto, problema resolvido.

Medo de acampar com os amigos e ficar sonâmbulo imitando cachorro

As histórias engraçadas sobre os acampamentos assombram as pessoas mais cuidadosas. Algumas delas levam umas pitadas de constrangimento, é verdade; afinal de contas, é complicado compartilhar todos os momentos dos dias e das noites com a turma de amigos, expondo as pequenas particularidades, as manias e os hábitos mantidos de forma secreta na nossa rotina.

Você quer ir ao acampamento e passar a imagem de alguém organizado e limpinho, por isso ajeita a cama de manhã, dobra as roupas para arrumar a mochila e separa as roupas sujas. Até aí estaria tudo perfeito, mas e quando for hora de dormir e o autocontrole estiver perdido, hein? Se você roncar como um trator ou, pior, andar sonâmbulo cheirando as meias dos colegas e latindo igual ao seu cachorro, sua reputação irá para as cucuias. Será que é melhor cancelar a viagem?

Antídoto esquisito

O cinema gosta de mostrar os sonâmbulos como pessoas atrapalhadas (no melhor dos casos) ou como zumbis (no pior). Mas na vida real não é bem assim. O sonambulismo é apenas um distúrbio do sono, e mais comum do que a gente pensa!

Num acampamento, toda a farra e a agitação aumentam nossa tendência a falar dormindo, dizer coisas estranhas e mesmo fazer um lanche noturno, com faca e garfo na mão. Nada recomendável para quem está no sétimo sono!

Um bom antídoto é amarrar uma cordinha do pijama até o pé da cama. Quando o sonâmbulo levantar e sair andando, a corda vai puxá-lo, e ele deve acordar. Se for o seu caso, alerte os amigos: "Além de latir, eu também mordo como um cachorro!". Acho que eles vão preferir ajudar...

Medo de maratonar gramática e se viciar em mesóclise

A semana de prova vem aí, e você nunca dominou muito bem aquele negócio de combinar tempo verbal com pronome. O futuro de sua nota depende da concentração total nos estudos, encarando a gramática como o melhor dos presentes.

Um primeiro conselho: desligue a música, ajeite-se na cadeira, coluna ereta e foco no verbo! Entre em acordo com todos os pronomes, papo reto neles até quando o caso for oblíquo. Não adianta ficar somente com os tempos simples, porque o desafio de dominar a formidável língua portuguesa é mais-que-perfeito, e você vai precisar alcançar bom entendimento antes do dia fatídico, a entrega do boletim, sem se engasgar, para os seus pais. Aproveite para mostrar conhecimento, dizendo:

– Entregar-vos-ei minhas notas logo após a sobremesa.

Segundo e último conselho: garanta sempre a sobremesa. E se, depois de tanta maratona de gramática, você ficar com vício em mesóclise, seja lá o que for que isso significa, hein? Que medo! Imagine passar o resto da vida colocando hífen no meio de qualquer conversa?

Antídoto esquisito

Que tal não apenas um, mas dois antídotos irados e radicais?

O primeiro é contrapor a mesóclise – tão complicada e metida a besta – com a simplérrima e divertida Língua do P: vopô cepê vaipai apá dopô rarpar! Em dois tempos você supera seu vício em mesóclises.

O segundo antídoto é se mudar de mala e cuia para a Itália. Ali, as mesóclises são tão naturais que qualquer criancinha sabe de cor. E, pra melhorar, não precisam de hifens. Quando chegar ao aeroporto, peça assim seu bilhete: *"Datemelo!"*

Medo de apertar o botão errado e explodir o micro-ondas

Os adultos não estão em casa, e bateu aquela fome de mastigar a geladeira inteira. Esperar alguém voltar pra fazer uma boquinha está fora de cogitação! A fome é grande, e você também; fica até feio dizer que não sabe se virar pra fritar aquele ovo esperto ou preparar um queijo quente.

Prato, duas fatias de pão, tomate, alface, queijo, mostarda: parece bom como está. Só falta uma coisinha quente. Um simples toque no micro-ondas poderá resolver o problema. Você nunca leu o manual, mas não deve ser tão difícil fazer o queijo derreter em 15, 20, 30 segundos? Afinal de contas, o videogame é muito mais sofisticado em botões, e você dá conta. O primeiro passo é abrir a porta da aeronave. O segundo passo é decidir o que vai dentro: com alface ou sem alface? Bota tudo lá dentro e reza pra dar certo? Dizem que o vizinho já explodiu o micro-ondas cozinhando feijão, ou seria a panela de pressão? Paralisado e faminto: será que seus pais vão chegar e pegar você no flagra com esse medo de apertar o botão errado?

Antídoto esquisito

Essa história de explodir o micro-ondas é um exagero e tanto. No máximo, ele vai acabar todo sujo. E aí, você pode recorrer ao glorioso Google! Ou, pra não fazer propaganda de um só buscador, às gloriosas ferramentas de busca! A salvação está logo ali. Basta abrir seu navegador, na internet, e digitar no campo de busca: "Como limpar o micro-ondas com". Pronto! As respostas surgirão como mágica: "Como limpar o micro-ondas com limão"; "Como limpar o micro-ondas com bicarbonato"; "Como limpar o micro-ondas com vinagre".

Viu como às vezes o antídoto tem uma fórmula bem simples? Mas, cá entre nós: deixe a pesquisa para depois de comer. Quem sabe você dá sorte e o micro-ondas nem fica sujo?

Medo de se empolgar com um tutorial e acabar sem cabelo

A moda é faça você mesmo. As redes sociais estão lotadas de gente que sabe cozinhar um bolo com três cores diferentes, cobertura de chocolate e recheio esfuziante que escorre a cada fatia. Sem contar aquelas mentes brilhantes que conseguem construir uma casinha na árvore com móveis e varandas usando apenas alguns galhos e cordas.

A internet está lotada de tutoriais para maquiagem, corte e costura, pintura de paredes, instalação de lâmpadas que se apagam com comando de voz.

O jeito é assistir a um vídeo e provar sua habilidade em cortar o próprio cabelo. Tesoura daqui, tesoura de lá, mãos suadas e boca seca: até as aulas de geometria pareciam mais fáceis do que isso. Será que vai sobrar cabelo em tanta falha? E como você vai aparecer amanhã na escola com esse visual despedaçado?

Antídoto esquisito

A palavra-chave é "proposta". Se o cabelo degringolou e o visual ficou beeeem longe do esperado, levante o queixo, empine o nariz e declare em alto e bom som:

– A *proposta* era essa mesmo!

Em outras palavras: diga (ou finja) que você só queria causar impacto, sair do óbvio, fugir do lugar-comum.

Afinal de contas, Edward Mãos de Tesoura era brilhante ao cortar o cabelo dos outros, mas a gente só se lembra é da cabeleira destrambelhada dele!

Medo de a turma ir embora antes de você chegar

É dia de excursão. Você passou a semana inteira (ah, diga a verdade: o ano inteiro!) sonhando com essa viagem. Ficar quatro dias com suas amigas e amigos, além de três professores bem legais (ainda bem que a escola escolheu a dedo os profes preferidos da turma).

Pular na piscina, entrar na cachoeira, penetrar em trilhas sinistras, jogar pingue-pongue, fazer campeonato de videogame, caraoquê ou *slam* de poesia, comer *pizza* e fruta no pé, zoar, rir, cantar, contar piadas... Uau, são tantos planos bacanas para apenas quatro dias!

Só de enumerar mentalmente todos os planos, você gastou meia hora e nem reparou que o carro do seu pai está preso no engarrafamento a caminho do colégio, ou furou o pneu, ou acabou a gasolina, ou entrou no caminho errado! Será que vai dar tempo?

Antídoto esquisito

Que sorte, já existe esse tal de telefone móvel. Basta pegar seu superequipamento de agente secreto e ligar para a escola avisando: "Gente, segurem o busão que estamos chegando!". Imaginem o sufoco que era quando não existia internet, nem celular, telefone, telegrama, carta... Naquele tempo, o jeito era fazer um pombo-correio.

Antes de telefonar para a escola, respire fundo para não acabar tropeçando nas palavras. Mas, se não tiver crédito para a ligação, prepare as canelas: é hora de ir a pé e chegar ao lugar combinado antes que seja tarde.

Medo de ser confundido com seu amigo sem-noção

Todo mundo tem um amigo que faz coisas meio bizarras. Conversa sozinho no elevador. Anda na calçada sem pisar nas linhas. Tenta engolir uma maçã plantando bananeira. Joga basquete com uma bola imaginária. Faz piqueniques no cemitério. Entra numa loja de roupas e finge que é um manequim. É o famoso sem-noção. Qual a coisa mais estranha que seu amigo já fez? (Cartas para a editora contando tudo, por favor!)

Amigos sem-noção são diversão garantida. Andar com eles é sempre uma festa, uma surpresa, um carnaval. Mas será que as pessoas vão achar que você também é assim, meio malucão, biruta, zureta, parafuso a menos? Logo agora que você está quase conseguindo realizar aquele velho sonho?

Antídoto esquisito

De perto, ninguém é normal. Tem gente que anda mais em linha reta, come verduras todos os dias, mastiga a comida 32 vezes, põe o feijão metodicamente por cima do arroz, faz todas as lições e passa o final de semana organizando o fichário com divisórias coloridas, apontando todos os lápis do estojo, lavando os cadarços do tênis com sabonete. As pessoas certinhas têm umas maniazinhas bem esquisitas, não?

O que importa é reconhecer que cada um ao seu jeito é estranho aos olhos dos outros, o que significa dizer que ninguém é estranho sozinho. Então, relaxe. Você e seu amigo biruta estão de boa neste mundo. Tudo bem piquenique em lugares excêntricos ou brincar de estátua no meio da rua, mas não precisa exagerar vestindo os *shorts* por cima das calças, fantasiado de Superman, né?

Medo de comer semente de fruta e brotar uma árvore no meio do umbigo

Se você é daquelas pessoas de apetite aberto às novas experiências, certeza que nunca recusa uma mordiscada em fruta madura.

No inverno, cai bem morango ao chocolate, que delícia, que disparate! Para sobremesa, lá vem ela, banana assada com canela. No verão, cabe suculência: graviola, laranja, melão, melancia, tangerina pequena, média e grande. Aliás, a tangerina no Rio Grande do Sul é bergamota, e em São Paulo é mexerica.

Mexericos pra lá, as frutas têm variados sabores e aparências, sementes de todos os tipos. E no meio da gulodice pode escapar caroço para dentro da barriga, com o último naco de caqui. Que pavor! Será que vai nascer um pé de fruta e brotar pelo umbigo? As pessoas da antiga diziam que isso era um perigo...

Antídoto esquisito

Pense pelo lado bom: quem sabe a semente se transforma em doçura? Lá dentro daquele carocinho, bem no fundo mais fundo, as células guardam na memória um desejo de virar gostosura, a vocação de colorir o mundo, o talento para espalhar irresistíveis aromas. Frutifique-se!

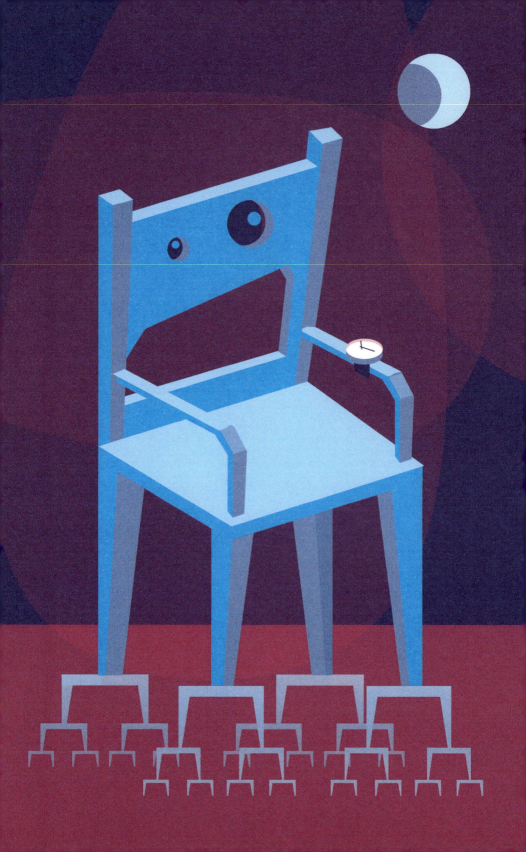

Medo de combinar uma carona e acabar no vácuo

Terminou a aula, e sua carona combinou um ponto de encontro certeiro: bem na esquina com a lanchonete, em frente ao ponto de táxi. Beleza, não tem erro. Você se despede de um, dois, todo mundo já foi. Na rua só restam você e sua mochila com peso de mamute. O celular está no *mute* até chegar em casa, sem carregador e sem bateria. Resta esperar.

Eis que uma dúvida atormenta a sua cabeça: será que esse era o ponto de encontro? Você entendeu certo quando disseram na esquina da lanchonete, em frente ao ponto de táxi, ou será que era para esperar em frente à caminhonete cor de pistache, ou na papelaria onde se compram guaches, ou com a professora Anete que ensina sintaxe, ou...

Antídoto esquisito

Garota esperta (ou garoto esperto), você certamente notou o acúmulo de palavras terminadas em *ache*, *axe* e *áxi*. Não pense que é mera coincidência. Era tudo uma pista para a solução do seu problema. Você foi vítima de algo parecido ao que os cientistas chamam de "erro de paralaxe".

Esse erro nada mais é do que uma ilusão de óptica que ocorre quando nosso olhar é enganado pelo ângulo de observação. Por causa dele, a gente acaba pensando que um objeto está um pouco mais à direita ou à esquerda, mais acima ou mais abaixo do que ele está na realidade.

A solução, portanto, é bem simples: não fique sentado, desloque-se, altere um pouquinho de nada o seu ponto de vista e... *tcharan*!!! Sua carona estava ali o tempo todo. Você é que não tinha conseguido enxergar!

Medo de escolher a fila errada

Você chega ao lugar e dá de cara com três filas. Uma delas é a menor, a outra parece estar andando mais rápido, a terceira parece ter gente mais interessante. Qual delas escolher?

Ninguém gosta de esperar, é claro. Mas ficar um tempããão na fila, sem ninguém bacana pra conversar, também é uma droga. Quem sabe naquela terceira fila você vai encontrar uma amizade incrível ou conhecer o amor da sua vida?

Por outro lado, vai que a amizade incrível ou o amor da sua vida está esperando você em outro lugar, e você só irá conhecer a figura se essa fila andar bem depressa? O que fazer agora? Úni-dúni-tê? Salamê minguê? Ma-mãe man-dou eu es-co-lher es-sa da-qui...

Antídoto esquisito

É preciso admitir: filas são um dos enigmas mais complexos e indecifráveis da humanidade. Se a gente muda de fila no meio do caminho, então, automaticamente, a fila em que a gente estava começa a andar rápido. Mas, se voltamos para a fila anterior, porque agora ela está mais rápida, como num passe de mágica, o tempo estaciona, e ficamos plantados durante horas e horas no mesmo lugar.

O jeito é relaxar. Aproveite a fila em que está para dar aquela oportunidade para o acaso. Quem sabe a pessoa que está na sua frente tem um bom papo? Quem sabe o amor da sua vida está na outra fila, só observando o seu jeito bem-humorado de lidar com as coisas simples da vida?

Medo de um fortão do outro bairro cismar com sua cara

O outro bairro é uma tentação. Ali tudo é novidade, as praças, as lojas e principalmente as meninas. Elas estudam em outra escola, passeiam em outros parques, pegam outros ônibus, nadam em outras praias.

Pra melhorar ainda mais, ali no outro bairro ninguém conhece a sua história, as vergonhas que você já passou, os micos que você pagou, as paqueras que não deram certo, aquele pênalti perdido no último minuto do segundo tempo...

O outro bairro seria perfeito, se não fosse por aquele sujeito fortão, que já olhou torto pra você desde a primeira vez que você pisou na área dele. Sabe aquele cara? Parece que ele está disposto a fazer de tudo pra marcar seu território e manter sua fama de mau. Será que vale a pena encarar?

Antídoto esquisito

Se você for um garoto, é melhor se arriscar e encarar o fortão, porque aquele olhar torto que ele lançou em sua direção pode ser apenas sinal de um dia de indisposição, uma dor de barriga, ou ele estava se contorcendo de medo, mas não de você, claro, ele nem o conhecia... É que as meninas do bairro dele são todas amigas, chamam-se de manas, ajudam umas às outras e praticam essa confiança tanto para jogar queimada na rua quanto para namorar. De todo jeito, a vida é sempre essa caixa de surpresas. Se for no outro bairro, abra sua mente para aprender coisas novas. Ah, e se atualize na leitura de escritoras, para não boiar nas conversas.

PS: Se você for uma garota, vá lá e cole nas manas, que vai ser sucesso.

Medo de não conhecer os lugares mais irados do planeta

Esse medo pinta quando a gente descobre um lugar muito lindo no mapa, numa foto, na tevê... Um cânion na Islândia que jorra água lilás! Um castelo medieval em Lindisfarne, no alto da montanha, pra cima das nuvens alaranjadas! Ou vice-versa: quem sabe a água é que é laranja e as nuvens são lilás?

A maior montanha-russa do mundo, com 15 *loops* e 10 segundos em gravidade zero! O parque em Londres que reconstrói todo o universo de Hogwarts e outros cenários da saga Harry Potter!

Será que algum dia você vai ver esses lugares com os próprios olhos? Será que vai ter tempo, coragem, dinheiro, companhia? Será que você descobre a fórmula secreta do teletransporte?

Antídoto esquisito

Aproveite que é de graça: procure aí no baú da sua avó umas coisas do passado, aquela fotografia da infância; pergunte para as pessoas da sua família como era, como foi, por onde anda, que gosto tinha. Sente na sua calçada para olhar as nuvens do céu e aproveite para fazer um canteiro de flores puxando conversa com seu vizinho engraçado. Qual foi o lugar mais bonito que ele visitou? Será que ele tem muitos irmãos e irmãs? Será que ele queria ser astronauta quando pequeno?

E, toda vez que você sair de casa com a mochila nas costas para viajar, preste atenção em cada detalhe da paisagem e converse muito com as pessoas, mesmo que seja naquele inglês macarrônico, que confunde e enrosca e rende um monte de piadas, para colecionar histórias.

Cobras, aranhas e montanhas-russas. Helicópteros, revólveres e mesóclises. Meus medos são bem diversificados. Mas tento encarar todos com leveza. Parodiando aquele ditado, "O que não mata engorda a imaginação". Os medos podem inspirar histórias, crônicas e poemas. E assim vamos levando. Já publiquei mais de 60 livros para crianças e jovens, alguns deles premiados. Também traduzi mais de 30 obras de autores como Gabriela Mistral, Julio Cortázar, Robert Stevenson e David McKee. Se quiser conhecer mais sobre a minha obra, visite www.escritorleocunha.com.

Cobras, aranhas e montanhas-russas. Helicópteros, revólveres e mesóclises. Meus medos são bem diversificados. Mas tento encarar todos com leveza. Parodiando aquele ditado, "O que não mata engorda a imaginação". Os medos podem inspirar histórias, crônicas e poemas. E assim vamos levando. Já publiquei mais de 60 livros para crianças e jovens, alguns deles premiados. Também traduzi mais de 30 obras de autores como Gabriela Mistral, Julio Cortázar, Robert Stevenson e David McKee. Se quiser conhecer mais sobre a minha obra, visite www.escritorleocunha.com.

Confesso não ser fã de barata, embora eu já tenha superado a fase do piti. Foi minha filha que me ajudou a lidar com esse medo, dizendo que as baratas limpam os esgotos da cidade e que sem elas a sujeira aumentaria consideravelmente. Nem quis saber se era científico o antídoto, apenas incluí a barata no rol dos bichinhos com função nobre na natureza e fiquei em paz. Como advogada, ajudei muitas pessoas a superarem seus medos em contratos e processos com aquelas palavras difíceis. Como escritora, meu maior medo é secar minha fonte de ideias. Para evitar esse mal, eu leio, leio, leio muito. Fica a dica! Visite, sem medo, penelopemartins.wordpress.com e mande sua mensagem para mim.

Quando me aparece algum trabalho complicado com coisas que eu nunca desenhei antes, vêm aquele frio na espinha, aquele embrulho no estômago. Respiro fundo, conto dez e, mesmo que eu precise repetir a operação por mais uma, duas ou três vezes, enfrento o desafio. Nessas e noutras, já criei livros com monstros bem cabeludos, letras divertidas, e também ilustrei revistas, *sites*, um videogame, sem contar as colaborações para a Nasa e a ESA, que me levaram para o espaço na imaginação. Se você quiser mergulhar nas minhas criações, visite blender-head.com e viaje!